La fifille à son papa

Une histoire de Claire Clém
illustrée par Baptiste Amsa

Chapitre 1

À l'orée de la forêt
vit un bûcheron
avec sa fille, Émilie.
Cette petite fille, c'est
son trésor, c'est son
amour, c'est sa vie.

Quand elle se lève le matin, il lui ouvre grand les bras en s'écriant :
— Voilà la fifille à son papa ! Viens m'embrasser !

Il lui répète cela si souvent qu'Émilie a oublié son vrai prénom. Elle croit qu'elle s'appelle *Lafifillassonpapa*.

Mais chez elle, dans sa maison,
Lafifillassonpapa s'ennuie terriblement.

— J'aimerais jouer
dans le ruisseau, dit-elle.

Son papa **s'affole** :
— Hors de question ! Tu es
si fragile que l'eau froide
risque de t'enrhumer !

Lafifillassonpapa insiste :

— J'aimerais au moins sortir et me promener dans la forêt.

— Tu n'y penses pas ! Tu es si petite et si légère que le vent risque de t'emporter !

Alors, Lafifillassonpapa ne demande plus rien.

Chapitre 2

Un jour, Lafifillassonpapa **est accoudée** à la fenêtre quand elle aperçoit un garçon. Il tient une drôle de bestiole verte entre les mains.

— Bonjour ! lui dit-il. Je m'appelle *Pierre*. Et toi ?

— Moi, je m'appelle *Lafifillassonpapa*.

Pierre éclate de rire :
— Ce n'est pas un prénom, ça !

Le garçon tend les mains :
— Regarde ! J'ai trouvé une grenouille. Et en plus elle chante ! Chante, petite grenouille, chante !
Et la grenouille fait :
— Coa coa !

Fais voir, montre-moi ! dit Émilie.

Soudain, la grenouille bondit
des mains de Pierre. Et elle se sauve
à travers la forêt !

— Elle va vers le ruisseau ! s'écrie Pierre. Viens, il faut la rattraper !

Lafifillassonpapa s'affole :

— Je ne peux pas y aller ! Je suis si fragile que l'eau froide risque de m'enrhumer !

— Tu n'auras pas besoin d'entrer dans l'eau ! répond Pierre.

Lafifillassonpapa **s'obstine** :

— Je ne peux pas sortir ! Je suis si petite et si légère que le vent risque de m'emporter !

— Tu n'es pas petite ! Regarde : nous faisons la même taille. Est-ce que le vent m'emporte, moi ?

Alors Lafifillassonpapa n'insiste plus : elle sort de la maison. Et... ouf, elle ne s'envole pas !

Ils arrivent dans la forêt et aperçoivent la grenouille, qui s'est arrêtée au bord du ruisseau. Pierre et Lafifillassonpapa s'approchent tout doucement… Soudain, Pierre marche sur une branche. **Crac !** La grenouille prend peur, plonge dans l'eau et **éclabousse** les deux enfants !

Chapitre 3

Quand le papa revient de son travail,
Lafifillassonpapa l'attend,
les deux poings sur les hanches.
— Je te présente Pierre.
Il dit que, *Lafifillassonpapa*,
ce n'est pas un prénom !

Le papa sourit :

— Bien sûr que non ! Ton prénom, c'est *Émilie*. Mais je t'appelle comme ça parce que tu es ma toute petite fille chérie.

Émilie n'est pas d'accord :

— Moi, je préfère *Émilie* ! Et je ne suis plus une petite fille ! Je suis allée dans la forêt et je ne me suis pas envolée. L'eau du ruisseau m'a mouillée, et je ne me suis pas enrhumée.

Quelques larmes apparaissent dans les yeux de son père.

— C'est vrai, tu n'es plus si petite, tu n'es plus si légère, tu n'es plus si fragile... Tu as moins besoin de moi.

Depuis ce jour, Pierre et Émilie se promènent dans la forêt, cherchent les grenouilles qui chantent près du ruisseau, et parfois même ils trempent leurs pieds dans l'eau froide.

Quand son papa la regarde avec de grands yeux paniqués, Émilie lui répond :

— Ne t'inquiète pas, le papa à sa fifille ! Viens plutôt jouer avec nous !

Alors Lepapaassafifille n'insiste pas : il va jouer avec les enfants et leur construit de jolis petits bateaux en bois. Il les pose sur le ruisseau, et l'eau les emporte loin...

Fin

Cette histoire t'a plu ?
Je te propose de jouer
maintenant avec
les personnages.

Tu es prêt ?

C'est parti !

Si tu en as besoin,
tu trouveras les solutions
page 32.

Retrouve dans ce tableau tout ce que tu as compris de l'histoire que tu viens de lire.

Quels personnages ?	 Émilie	 Marius	 Pierre
À quel moment ?	 La journée	 Le soir	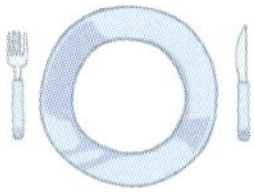 Pendant le repas
À quel endroit ?	 Dans la forêt	 Dans une bibliothèque	 Sur la mer
Quel genre ?	 Un roman policier	 Un conte	 Une pièce de théâtre

As-tu bien lu l'histoire ?

Réponds par *Vrai* ou *Faux* à ces affirmations.

1. Le papa d'Émilie est bûcheron.

2. Émilie et son papa vivent dans un appartement.

3. Pierre a peur de s'envoler.

4. Émilie et Pierre partent à la recherche d'un lapin.

5. Le papa aime beaucoup Émilie.

Qui parle ?

Émilie

Le papa

Pierre

1 J'aimerais au moins sortir et me promener dans la forêt.

2 Regarde ! J'ai trouvé une grenouille. Et en plus elle chante !

3 C'est vrai, tu n'es plus si petite, tu n'es plus si légère, tu n'es plus si fragile...

Pour découvrir ce que Pierre dit, place ton livre devant un miroir.

1. Jaitrouvéunegrenouille.

2. Pierreéclatederire.

3. Ellesepromènedanslaforêt.

4. Tuesmapetitefille.

Remets l'histoire dans le bon ordre.

A

B

C

D

E

Quel élément n’appartient pas à l’image ?

Pour t’aider, tu peux te rendre page 5.

Solutions des **jeux**

Page 25 : Quels personnages? Émilie, Pierre. À quel moment? La journée. À quel endroit? Dans la forêt. Quel genre? Un conte.

Page 26 : Vrai; faux; faux; faux; vrai.

Page 27 : Émilie : 1; le papa : 3; Pierre : 2.

Page 28 : Chante, petite grenouille, chante!

Page 29 : 1 : J'ai trouvé une grenouille.
2 : Pierre éclate de rire.
3 : Elle se promène dans la forêt.
4 : Tu es ma petite fille.

Page 30 : C, E, A, D, B.

Page 31 : La grenouille.

La mascotte « Milan Benjamin » a été créée par Vincent Caut.
Les jeux sont réalisés par l'éditeur, avec les illustrations de Baptiste Amsallem.

Mise en pages : Graphicat

1, rond-point du Général-Eisenhower, 31101 Toulouse Cedex 9, France
éditionsmilan.com
Loi 49.956 du 16.7.1949 sur les publications destinées à la jeunesse
Dépôt légal : 2e trimestre 2018
ISBN : 978-2-4080-0442-2
Imprimé en Espagne par Egedsa